生命佇留的，
城與城

——楊淇竹詩集

目　次

生活・台北

慢走・東京

情人・舊金山

走訪・聖地牙哥

附錄一──英譯詩選

附錄二──西譯詩選

生活·台北

2014在台北，見聞一些事，感動了詩性，
默默發芽……

【導讀】 /潘驥

　　從「生活・台北」這一系列的詩歌，可以看出詩人由內而外的關懷，這樣的關懷不僅是從內心情感世界到外在現實社會，也可是從本土以至海外。換言之，雖然是「生活・台北」，但也是駐足台北，放眼世界。

　　首先〈咖啡樹〉可看到詩人對於在遠地為了學業、事業打拼的情人，有著滿滿地期待與祝福。詩人巧妙地利用了從綠到紅的顏色轉換，隱喻了時間的流動以及期望的成熟，最後的卡布奇諾即是兩人愛的果實所烘培出的美麗結晶。

　　〈壽龜〉則是詩人以日本浦島太郎的傳說，來訴說愛情的美麗滄桑。「龍宮一日，故鄉百年」象徵著瞬間的愛，即是永恆。當然，浦島太郎的故事，說法各異，對浦島太郎而言，結局是福是禍，解讀亦不同。不過想必詩人著重在浦島對於那一天的回憶、回味，而這竟是一種對愛的執著。

　　端午的美，來自一種執著的愛，濫觴於君臣之愛，這樣的執著導致了悲劇的發生。爾後情人間的執著則是產生了許仙

與白蛇的悲劇。執著之愛，歷久並不彌新，新的只有是否畏懼白色大蟒，詩人的〈端午〉正透露出這樣的諷刺。

如果說〈端午〉是詩人經由古老節日所觀察出的人性情懷，那麼〈中元節〉則是詩人倚藉民間習俗，所展現出的人道關懷。拜祭祖先，敬祀神明，理所當然，天經地義，但難道不能僅止於心誠則靈的階段嗎？詩人以反覆的「枉死眾生」來提出這樣的吶喊。在人類繁瑣的儀式與利慾薰心的促弄之下，豬公何嘗也不是「枉死眾生」。於是「奢華供品」與「默念公平」；「風調雨順」與「枉死眾生」；「焚鈔票」與「吃剩菜」皆成了強烈的對比，真是「如此的 中元人間」呀！

詩人的本土關懷不僅限於〈端午〉與〈中元節〉，還有對於台灣政治環境的觀察。像是〈哪裡的國力〉這首詩，就是以2014年故宮赴日本展覽時，所發生的「國立事件」來諷刺馬英九政府面對中國就表現軟弱，面對日本就展現強硬態度。所以詩人用詩歌表達出與其藉由計較「國立」兩字這樣的外交手段來展現「國力」，不如好好重視台灣農民辛苦耕作出的農產品，得面對中國政府的剝削與壓迫這樣的問題。詩人更是巧妙地利用真白菜與假白菜的對比來反諷馬英九政府，當然詩人並不是要否定假白菜這樣的重要藝術品的價值，不過已經足夠讓我們瞭解馬英九政府的「真假與虛實之間」了。

　　而這樣的馬英九政府因為企圖想讓服貿在立法院闖關而引發了所謂的太陽花學運。在太陽花學運期間，2014年3月23日發生的行政院佔領事件，則是詩人〈街道沒有年輕人〉所要關懷的主題。這首詩可用前後兩部分來做對比，前面是嬰兒的出生，誕生在戒嚴的年代，一個專制政權控制的年代，但已有許多反抗的聲音出現。後面則是，時光飛逝了三十年，已經是個民主自由的年代，在經過許多民主前輩的努力與犧牲之下。不過，專制的餘孽還存在著，但反抗專制霸權的力量，衍然新生。或者說是，這一股延續民主前輩的力量，終於誕生在，於解嚴之後出生，曾經被說是對政治冷感的這一代年輕人身上。

　　受到太陽花學運的間接鼓動，2014年9月26日，香港發生了佔領中環事件，這首〈為你繫上黃絲帶──致香港，佔中事件〉，詩人以花期的錯誤，隱喻了專制中國政權不適合統治支持民主的香港，香港也向全世界表明支持民主的決心，只要這股支持民主自由的力量堅持下去，終究會「天晴、濃霧散去」。

　　最後詩人也將關懷投注於我們的鄰國日本，2014年8月20日，廣島因豪雨影響，發生了嚴重的土石流，導致多人死亡與重傷。詩人的〈等待──致廣島，2014.08驟雨後〉是一首對廣島祈福的詩歌，詩人列舉了同樣發生不平安事件的八月，廣

島曾在1945年8月6日遭受原子彈攻擊的慘劇。詩人並在詩歌裡透露出，希望廣島能夠再重新繼續振作，等待幸福與和平能再度降臨。

咖啡樹

為我種下的那株
咖啡樹　終於
果實轉紅
歷經三個過冬時節　樹花乘載
越洋的祝福　綻放，緊接凋謝
短暫美麗時刻
恍若你我相聚　留不住
卻帶來從掌心開出的咖啡豆

綠，原是種子的顏色
等待落入土壤　再繁殖新樹
你在求學路途
也是等待成熟　勇闖人生版圖
當時掌紋的事業線
跟著移栽的樹苗種下
我年年祈禱開花　終於
果實轉紅

為我種下的那株
咖啡樹　果實
纍纍地垂掛
像祈福掛牌寫滿廟庭
紅，訴說著情人秘語
曬乾後，幾經烘培
準備你回來的　第一杯
卡布奇諾

壽龜

記得您口中的烏龜
是祖母為了求壽
放生

那些日子　時間不斷倒回
暫停在與妻相處的一日

烏龜也許來自浦島太郎之故鄉
龍宮一日　故鄉百年
最終　浦島成了老人

嘮叨、絮聒、秘語、溫情
我終愛一日
生活瑣碎

那隻龜
報答了主人心願
給予　百年歲壽

我竟是浦島⋯⋯
沉默　獨自回憶
那一日

記得您口中的烏龜
是祖母為了求壽
放生

端午

童年端午
白蛇，出洞尋找塵緣
艾草，趨除內心惡靈
許仙，迷戀人形之妻
無盡愛情輪番上演
額頭寫上雄黃「王」
不畏懼　白色大蟒

打開童年端午
懷念的老故事，粽香
混合魷魚、香菇、瘦肉
一場場龍舟轉播賽事，和
已沒人尋問的白蛇
無盡愛情輪番上演
左鄰右舍，瀰漫夫妻吵架聲
畏懼　白色大蟒

中元節

準備一頭　迎鬼神
豬公
祭拜　過往靈魂
豬嘴啣著鳳梨
以免垂涎　供品
中元儀式即刻展開

風調雨順呀…風調雨順呀…
拜祭祖先，義民爺，以及枉死眾生

人的心意
一隻隻瘦弱豬仔
經由耐心
養育成供桌主角
與羊頭爭寵
一同成為亡靈

風調雨順呀…風調雨順呀…
拜祭祖先，義民爺，以及枉死眾生

七爺八爺出巡
微服人間
隨著香薰考察人的虔誠
紙膠大士爺
分配奢華供品
享受
一年盛會
心裡默念公平

風調雨順呀…風調雨順呀…
拜祭祖先，義民爺，以及枉死眾生

焚大把大把鈔票
送走該走的
吃祭祀後　剩菜

聞燒香柱　餘溫
如此的　中元人間

哪裡的國力

我們需要國立
為了証明
國力

農民手摘的翠玉白菜
香甜美味
價值　秤斤兩
故宮保存的翠玉白菜
晶瑩剔透
價值　秤外交

我們需要國立
為了証明
哪裡的國力？

天方夜譚

島國種種奇異的傳說
一杯鮮艷的果汁
完全不需要原料
使用科學實驗
展現古老的魔術

島國種種奇異的傳說
一條飛天的魔毯
無需簽證通關
打印　台灣國籍
換來進口的美牛
只限停留3個月

街道沒有年輕人

31年前，3月23日
我的出生
充滿父親喜悅、母親苦痛
喜悅迎接生命的延續
苦痛源自生產的歷程
悲與喜

31年後，3月23日
我將準備
歡慶人生壯年的到來
但，街道沒有年輕人
他們正迎戰
黑幕的重重包圍
悲與喜

那一夜，
母親擔憂孩子下落
父親欣慰未來希望

新生青年，永無畏懼
可是歷史的腥紅遍野
再度倒帶
重返我新生的畫面
啊！母親
台灣

懸掛的肖像

當年　黎民偉為您攝入的
肖像
暫停了剎那時間
保存了革命鬥志

立法院主席台前
中山先生
懸掛的肖像
象徵新中國　嶄新舞台

時過遷遷
才歡慶百年建國後的不滿3年
立院開滿向日葵
革新標語　恍若當年
眼前
充滿鬥志的年輕人們
看似熟悉

立法院主席台前

凝結時間

革新與守舊

雙方拉鋸著　破舊舞台

空間移轉

才抗爭洪仲秋案後的不滿1年

凱道再集50萬人

民主議題　如自您語

眼前

擁有改革的公民群眾

需求新政

為你繫上黃絲帶
——致香港，佔中事件

為你繫上黃絲帶
可，這時節
不該洋紫荊的花期
花未綻放
已殘屍遍野
染紅
旺角、銅鑼灣、尖沙咀

為你繫上黃絲帶
想，聆聽自
歌聲中綻放的自由
訴說政治假面
穿越香江
流往
倫敦、紐約、世界港灣

為你繫上黃絲帶
見，中環邊

雨傘齊開學生決心
抵抗催淚
我的愛卻催促流淚
祈禱
平安、天晴、濃霧散去

等待
——致廣島，2014.08 驟雨後

等待　詩的敲門

竟然錯身

驟雨

隔一片窗

城

市

等待　廣島戀人

意外驚覺

驟雨

阻隔重逢

命

運

等待　兌現和平

記憶猶新

廣島

大戰殘骸

修
補

等待　淚水停止
雨仍持續
擾亂
群山遍野
土
石
流

慢走‧東京

2015趁年節未完，走趟東京，用漫步視野，
感受城市，點點滴滴……

【導讀】／李鵑娟

淇竹出詩集了。

我們相識的經驗與場合很特別——師大進修推廣部日語學習班。

那一年暑假，多重因素使然，我參與了為期一個月（又接著一個月）的暑期密集班。她是我的同學。她總是不急不徐地上課、下課，優雅地寫著、念著，善良地邀請我當作會話的同伴。

後來才知道，原來我們同校，甚至有某部分相同的背景淵源，而且重要的是，她根本已經考過日檢5級，現下只是當複習班來上課。於是乎，這位幸福人妻成了我在日文班的救贖！（實在是因為自己腦袋不靈光了……）

而今，淇竹依著她前往東京的經驗，出書了。

而我，誠惶誠恐地沾了點光，一方面藉著記憶的文字重溫東京的風華；另一方面寫了篇錦上添花的序文。

我很喜歡東京。

喜歡她豐富多采的面貌：傳統與新穎的交織、繁華與質樸的交臂、靜謐與喧囂的交替；我尤其喜歡東京街頭或形色匆忙、或繡衣朱履、或神飛色動的人群。

從淇竹的作品中，一樣可以看到這樣的風景：

2015年二月由美國引進Blue Bottle Coffee在清澄白河、青山兩地帶來了舊金山獨特的活力，淇竹年初適逢其盛，以她詩人細膩的雙眼，生動地演繹了咖啡館內外的活力；東京車站、築地、日本橋、淺草寺、銀座、表參道都有淇竹探索的足跡，從她的文字中，我得以回味了多次旅遊的美好經驗，也彷彿身在詩中跳躍揮灑笑意。

東京有著獨特的魅力，吸引我一而再、再而三重遊：職人「一生懸命」的心血，成就於一碗豚骨拉麵，在拉麵店中感受東京人的百轉千迴；新鮮直送的各式海鮮，幻化作臉書裡的打卡紀錄，吸引一張張饕餮大口；豚汁、漬菜、煎魚、白飯的日式早餐，總讓我勉力晨起，就著蓬頭垢面大啖。當我品嘗著淇竹的詩作時，唇齒再度生香。

　　猶記得初次前往東京的那年冬天，搭著41分鐘的京成Skyliner前往上野站，沿途中最吸引我的，是看來近似卻又各異的東京人：上班族不論男女一色地防風大衣、女中學生相同地泡泡長襪與短裙、孩童們睜著骨碌碌雙眼好奇地與父母輕聲細語；防風大衣下個人風格強烈的髮妝、女中學生或活潑或沉靜的神采、孩童們繽紛亮眼的帽襪手套。出了車站，冷冽地空氣吸入，幾幾乎要讓我的肺結凍，然而那空氣的味道卻又是那麼地清新，偶爾伴隨低翔空中地幾聲烏鴉「呀！呀！」，不禁令人眼睛逡巡那身影而興奮。

　　詩作的獨特眼光與魅力，承載著作者的風格與個性；詩作的嵌字與情緒，表現著作者的賀爾蒙與DNA。我在淇竹的詩集中，看到了清新、眼睛一亮的東京；看到了文字背後總是溫柔、細緻卻又獨樹一幟的淇竹，與我認識的一樣。

　　很幸運地，我可以更早地在詩集出版前搶先體會淇竹詩作的魔法，現在，我誠摯地邀請大家一起來感受。

藍瓶（Blue Bottle）咖啡

「故事之前」
藍瓶，咖啡唯一語言
豆子伴隨機械音
散發香氣
引誘老饕神經
瀰漫東京，市郊工廠
運作着
舊金山人熱情

「上班族」
一杯紐奧良冰咖啡。
內用或外帶？
外帶。
不加牛奶，我需要活力。

「戀人」
兩杯今日咖啡。
內用或外帶？

內用，
再一份鬆餅，為愛塗上蜂蜜糖衣。

「學生」
三杯熱巧克力。
內用或外帶？
內用，
時間多，無需急着走。

「我與情人」
跟舊金山一樣。
沒有糖，沒有牛奶，純粹黑咖啡。

等待手沖咖啡
透光液體從濾杯，順勢而下
時間被老相機補捉
等待手沖底片

記得，玩復古相機
測光費力，精準像沖咖啡的水
一分毫也無法多
那年，我們在舊金山

依舊，自助式取餐
排隊四十分鐘學習沈穩
咖啡把步調變輕鬆
玻璃門隔絕東京人匆促
轟隆轟隆
豆子慢速攪拌……
咖啡趁勢上桌
再拍張相片
你同一表情，同一姿勢
品嚐記憶內我的純粹

「店內、店外」
如站如坐

鼎沸咖啡烘豆聲
溫暖每位等待者
如走如停
好奇路過者張望
店內外排隊人潮

日式早餐

東京都廳映入
玻璃窗
24層景觀餐廳
靜，默
聆聽不見窗內外
人聲耳語
日式早餐時刻
許多隻鞋，在地板
翩然起舞

暗色調

西裝、套裝、大衣
蜂擁向前
撞上我眼瞳
淺褐色染了深黑
反射幽深
暗色調

皮鞋、高跟鞋、長筒靴
踏響早晨旋律
突然一群烏鴉
嘎嘎鳴叫
衝撞彼此之間
不相協調
暗色調

十字路紅燈號
赤眼佇立

暫停成千成萬
暗色調

我身著紅外衣
赤眼佇立
東京人卻分流兩側
頭也不回

貓與烏鴉

垃圾車警示作響
好幾條街區外
小貓仔
喵鳴……喵鳴……
成群結隊
尋覓即將被清運的食物
一袋集結一袋
烏鴉也覬覦
等待垃圾袋露餡
一爪伸出
小貓先聲奪人
享用早餐
符合東京市區快速
喵鳴……喵鳴……
失敗烏鴉聲
僅盪漾在垃圾車鳴
更遙遠街區外

電車

機械音，規律行進
宣告我即將到來
加緊腳步
輸送一個個人偶
到東，到西
向南，向北
批上單調色彩
步伐，快快快
時間催促
轉往東京週邊
一個個人偶

屯京拉麵

晨光刺眼

畫破夜幽暗

歌舞伎町喧囂

一瞬，寂靜

街道留滿片片紙屑

曾是凌晨絮聒後

男男女女

相守約定

拉麵店立在雙岔口

夜晚，堵住酒客心

白日，堵住遊客心

餵飽一個個失意、驚奇、疲累、憂鬱

大碗中碗小碗

均價

東京車站

挖空地下三層

博物館藏，車站模型吊掛

居高臨下

我便在最底層，仰望

這條通向皇居

那條通向日本橋

當年德川家康設想

皇族留了痕跡

又過幾世紀

修建兩旁道路

賦予「一丁倫敦」

屬於民間財團的功績

東京車站稍晚些

晨野今吾設計落成

等到我來

已經修復好幾回

戰爭沒留下任何痕跡

磚紅，依舊宣示他的強大

築地

排隊人，排隊人
築地市場內盛況
三小時買一客生魚片飯
長長人龍繞這家、那家

觀光人，觀光人
築地市場外盛況
玉子燒、扇貝燒引來圍觀
鼎沸人潮兀自尋找驚奇

依舊慢步調
慵懶，進一間無人小店
思索，食一碗鰻魚飯

日本橋

假如有條船
請載我往威尼斯
前行
橋上神獸
也許能透露方位
眼看他們展翅

沿日本橋
穿越長長歷史河道
三井本館厚重布雜式風格
凜然站立
三越百貨吹來一股哥德風
銅獅門前咆哮
高島屋堆砌富麗的大理石
坐擁高不可攀

原來無需任何船
東洋威尼斯在眼前

佇立
橋上神獸
也許能透露往事
述說為何不再飛翔

淺草寺

輝煌雷門，夜晚
金箔色燈光引道
進入老街
遊客稀稀落落
原來飄雨了
人形燒師傅不閒一刻
仍趕工製作
炸物小販也不斷吆喝
接近本堂
雨水更大些
閃光相機與黃光路燈
相互輝映
氣派紅建築
被燈飾妝點華貴
我順遊客方向
抽籤躲雨
竟得下下籤，錯愕
把意外綁在架上
只帶回一身寒意

迷宮

順行表參道之丘

逐漸下墜

沒有邏輯地平線

我只能下墜

恍若神奇迷宮

往上望，懸疑昏眩

往下看，神魂迷惘

毫無視野隔絕

卻怎麼也走不進東京人的心

銀座

品牌旗艦店
凜然一棟棟
依循記憶，走進熟悉UNIQLO
退稅風呀退稅風
引來眾多外國客
閒逛，依舊慢步調
找尋獨特款式
試穿舊有尺寸

收銀台樓層
饒來繞去排隊人
退稅風呀退稅風
混雜眾多護照本
依序享退稅
等待，依舊慢步調
英語中文日本話
你所需全部提供

情人・舊金山

2013前，迷人舊金山伴隨我，
探索寒暑假，多數時間。

【導讀】／陳思嫻

　　無論是小巷大街，或者在他鄉異國，只要是曾和情人一起駐足之處，總會留下一段「戀人絮語」。而楊淇竹的「情人‧舊金山」系列詩作，相較於題材近似的作品，這六首詩卻讓「情人」的角色淡出，寫出飽含人文歷史風情的舊金山。楊淇竹筆下，或許已經將「情人」和「舊金山」兩者的形象，合而為一了。

　　以情詩視之，這六首作品未免單薄；而加入舊金山的特色，卻顯得飽滿。隱匿在詩中的「你」，著實少見，然而因為在舊金山的時空之下，不禁讓讀者聯想這系列情詩，或有可能為舊金山而寫呢。

　　舊金山的特色交通工具〈叮噹車〉，延著軌道駛向每個角落，途經「九區花街」時，作者看到的不純然是繽紛的繡球花，而是這些花「催化情意花粉」，與末段「情人相擁驚呼聲」相呼應。

　　作者在漁人碼頭享用麵包，不禁聯想起彼岸的「惡魔島」，即使位於舊金山灣內的惡魔島早已無囚禁犯人，而早期

因交通不便,曾為軍事要塞,之後曾設有惡魔島聯邦監獄。作者的每一道饗宴,在在扣合了惡魔島的過去,悲憫的胸懷,使得漁人碼頭上的麵包滋味,在味蕾上也隨之走樣;〈科伊塔〉同樣借重了惡魔島的歷史。對比的是,牆面處處是塗鴉的〈嬉皮街〉,卻能夠在「自由角落/大膽宣示和平與愛」。

〈阿甘蝦店〉末段:「人生像盒巧克力,永遠不知道將會拿到甚麼。」同時也是電影《阿甘正傳》的經典台詞。作者來到《阿甘正傳》主題餐廳──「阿甘蝦店」,將電影畫面和餐廳實境交錯,末段與首句呼應「人生像盒巧克力……,」作者想起的不會只有蝦店的美味佳餚以及電影情節,而是難得的人生省思。

每年〈美國國慶〉那些「湛藍、紫紅、海綠、透白」的花火易逝,對比了相擁觀賞演煙火的戀人,永恆的戀情。至於〈鷹牌巧克力〉、〈肋眼牛排館〉、〈有機超市〉,在異國的天空下,體會了最生活化的愛情;這也是作者能在「情人·舊金山」系列,自然將景物情感合而為一的創作方式與感受。

叮噹車

叮叮叮
地底攬繩送達一部接一部
不斷運作
載送觀光客喜悅，點綴
舊金山各角落

七月風涼伴隨豔陽
九區花街，繡球花繽紛
催化情意花粉
乘坐叮噹車恣意，撒往
舊金山各角落

叮叮叮
地底攬繩倚山行走
下滑上坡毫不費力
突然滑梯呼嘯
情人相擁驚呼聲，迴繞
舊金山各角落

漁人碼頭

酸麵包，囚禁櫥窗內

引誘人來解鎖

麥香混進揉打麵團

伺機挑選遊客

烘烤上架麵包挖去壞意念

換入蛤蜊濃湯

麵包即將新人生

遙望彼岸惡魔島，早已無囚犯

心，更酸……

金門大橋

霧來
赤紅橋樑
隱約隔層面紗
寒意伺機而動

霧去
赤紅橋樑
風吹搖頭晃腦
車行轟隆地震

嬉皮街（Haight street）

塗鴉壁畫引領我好奇
二手衣服、唱片林立
闖進60年代嬉皮鬧區

波西米亞生活融化在咖啡奶泡
一杯拿鐵，閱讀，生活步調
嬉皮風沿街走動
自由角落
大膽宣示和平與愛

阿甘蝦店

人生像盒巧克力，……
想起什麼？

你開始述說阿甘正傳
店內也貼心放映電影
努力喚起朝聖者記憶
我吃着以為阿甘釣的蝦
欣喜若狂
店員扮演忙碌阿甘
不停走與小跑步
記得他所喜歡女孩常說：
快跑，阿甘，快跑
飲涼爽檸檬氣泡水
單薄情話
落入氣泡水，打轉
阿甘卻跑不出情人牽掛

人生像盒巧克力，永遠不知道將會拿到什麼。

（Life was like a box of chocolates. You never know what
you're gonna get.）

美國國慶

煙花，每年如常
等待花綻開
需忍耐寒風陣陣侵擾
七月漁人碼頭
冷似台北冬夜
那年，我把好奇置放各角落
竟不覺冷
一群年輕人勇猛跳入海水
挑戰花開前夕，觀眾震撼
時間依舊慢吞吞
期待倒數時刻
期待疊花綻現
吃完熱狗堡最終
讀秒聲四起
花火染紅了夜空
融合湛藍、紫紅、海綠、透白
一束束繽紛，被相機牢記

每年喚起，如常
煙火

科伊塔（Coit Tower)

俯看山城
午後陽光慵懶
整座城市彷彿入睡
只有溫柔寂靜風
清醒
丟入窗戶圍欄外銅幣
鏗鏘，穿進塔內回聲
風捕捉心願
意外被情人發現

金銀島、惡魔島各據一方
面對山城，也盯向我
訴說他們歷史身世
望着海岸潮水
啪啦啪啦
回憶惡魔島越獄案
逃脫獄囚上岸後，也許曾盯着島
沈思

城市遠方
金融建物覆蓋
趁勢宣告陽剛氣質
高樓住宅此起彼落
展現新興藝術風格
古老獨棟屋宅
依舊林立
維多利亞窗透露優雅
融合多種移民

塔底壁畫
圍繞出入口
礦場、農村、勞動者
30年代風景
鮮明色調，勾勒
活在歷史書內
栩栩人生
出塔瞬間，老舊時光絕斷
城市持續運作

有機超市

為了有機蔬果
決定勇闖幾條街區
山頂超市遙遙吶喊
今日特價品
拖拉情人衣角
逆行，上坡

為了有機蔬果
時間支付折價金額
滿籃新鮮水蜜桃
揮霍假期無機計劃表
搭載情人微笑
順行，下坡

肋眼牛排館（House of Prime Rib）

牛排館販售昏暗情調

餐前酒透涼消暑

等待，瞬間心甘情願

眼見顧客倚靠高腳桌

分享迷人酒香

我沾染香氣進餐桌

選擇僅只四種尺寸套餐

the city cut是舊金山想像

精緻、小份、適合仕女

燭光傳遞侍者絕技

將沙拉與醬料混搭秀

呈上桌

記得你選the English cut

中等份量，頗有英國紳士氣息

酸麵包與沙拉

妝點情人節前夕

盲崇喜悅

不知哪年哪地紅酒

隨著即將來臨主菜起舞

五分熟

濃烈愛情的嫩度

玻璃杯撞擊聲

歡慶故事新序章

鷹牌（Ghirardelli）巧克力

四個寒、暑假

台北舊金山來回飛行

機票打印日期

打印你的叮嚀

兩箱大行李

去程，裝滿禦寒衣物與禮物

回程，裝滿禦寒衣物與巧克力

鷹牌巧克力，包裹舊金山濃情

焦糖、薄荷、咖啡、覆盆莓

在一片片巧克力內心

傳達愛意

不甜不膩

剛好適合遠距情人

分離時刻，巧克力融化彼此思念

細數開學、期中、期末

等待冷冬與酷暑

走訪 · 聖地牙哥

2014參加智利「循詩人足跡」（Tras las Huellas del Poeta），
閱讀南美文化、當地風情，以及詩人之間友好。

【導讀】／葉衽榤

　　對於一個旅遊詩人而言，一場忽然動身的旅程，前往具
異國情調的南美洲，並朝聖了情詩大家聶魯達，是一場極其意
外而又華麗的體驗。這樣突如其來的經驗，也令詩人像是走進
了未知的森林，於一路上撿拾著詩意，最後以詩句拼湊出自己
的回憶地圖。楊淇竹這一趟於2014年奔赴智利的旅程，除了遇
見聶魯達之外，主要的目的便是參與誦詩，此舉更增添了旅途
的厚度，想必讓其發揮了特殊的洞察眼光，也使得因此行而創
作的諸詩作更具高度。我做為一個後設的讀者，則是跟隨於其
後，透過其純粹簡潔的描述風格，間接看見了熱情的聖地牙
哥，此為我走訪楊淇竹的「『走訪‧聖地牙哥』系列」。

　　這九首「走訪‧聖地牙哥」，語言敘述乾淨，句法結構
單純，每一首都有相當明確的主題，是兼具冷靜而帶有文化
觀察的「走訪」詩系列。當中描繪聖地牙哥所見的情詩，佔
了大半，顯然受到了聶魯達氛圍的深深感召。像是〈罐頭水
蜜桃〉、〈門〉、〈智利之春〉、〈戀愛巴士〉、〈如何，訴
說⋯⋯──聶魯達故居觀後〉等詩，都程度不一的呈現了與感
情相關的意象。例如〈智利之春〉裡敘述在智利之行彷彿是一
場戀愛一般，雖然旅智的主要目的是朗讀詩作，但詩作中卻表

明了複雜的心情：「朗讀彼此／朗讀情詩／朗讀春天／朗讀
愛」；更進一步的，又將自臺灣至智利之間距大的溫差，形容
為愛情的感受：「高唱越洋旋律／從7度到29度／擁抱／日夜
山海／熱情與冷酷／智利之春／正秘密戀愛」，全詩極其生
動。〈如何，訴說……——聶魯達故居觀後〉則正面切入聶魯
達的核心：「從回憶錄／散落／多封情書」，渲染力十足。除
了上述諸詩之外，〈貓遇見春天〉一詩中以智利文壇重要女
詩人米斯特拉爾為引，描寫在一個殘留著女詩人記憶的學校
中，有隻小貓抗議著如織遊客的聲囂，而充滿戀愛意象的春
天，則貪睡進了米斯特拉爾的房間，彷彿憑弔著這位女詩人的
愛情悲劇。

　　走訪過智利愛情的大觀園，楊淇竹在文化觀察方面也
有所斬獲。〈阿葉德〉一詩的句法顯得頗為跳躍，甚至是斷
裂，以結構來表述智利前總統阿葉德充滿顛簸的一生。阿葉德
在歷史上是具有爭議性的人物，後來在政變裡中彈身亡，未能
完成總統任期。〈阿葉德〉利用素描、相片、雕塑等元素來
想像阿葉德，重現他遇難前的意氣風發以及遇難後的歷史傷
痕。〈鈔票〉一詩利用臺灣與智利兩國在鈔票上的肖像之不
同，批判了臺灣重視政治人物，又輕視藝術家的現實。〈瓦爾
帕萊索（Valparaiso）山城〉則交錯了臺灣與智利的歷史，分
述了兩國的戰爭與恐怖統治所造成的傷害，以及兩國面對的不
同命運，既諷刺又具悲憫情懷。

　　「『走訪・聖地牙哥』系列」在語言與手法上走極簡
風，但書寫的視角從聶魯達、米斯特拉爾等富有情感的詩人切
入，又穿插捲入政變風雲的阿葉德、加上兩國紙鈔上的米斯
特拉爾與臺灣的總統，最終進入了國族命運的書寫，無論主
題或題材均相當多變。正如〈門〉一詩所呈現的：「情人私
語繫得緊」、「旅人哀愁暫安置」、「官僚人戰…戰…競…
競…」，「走訪・聖地牙哥」系列的敘述簡單直樸，卻具有世
事百態的戲劇張力。

罐頭水蜜桃

糖蜜蜜桃

炸魚晚餐後的甜點

光滑絲緞

若似女人

添加幾茶匙奶油

裝扮姣好

與垂掛的月

輝映彼此

長夜，漫漫

我的情愫被蜜桃佔據

催酒歌未歇

紅酒杯未乾

星子仍不停點亮黑和夜

罐頭蜜桃透露

晚安即將

來臨

門

門，嵌在彼岸
情人私語繫得緊
門，造在鄉野
旅人哀愁暫安置
門，立在首都
官僚人戰⋯戰⋯競⋯競⋯

阿葉德

翻開小本阿葉德
素描一頁頁

今日總統府
遇見當年阿葉德
油畫姿態
你曾在
　　　　痕跡
黑白相片
你暫停
　　　　歷史
還藏遇難後
傷痕

翻開小本阿葉德
長髮瞬間削短

現代總統府
訴說當年的轟炸
藝術雕塑
時代潮流的此刻
新風貌人類
不見舊人英氣
你塑像
已關在遙遠小房間
長年

翻開小本阿葉德
沈默透露密碼

那時總統府
驚見槍林阿葉德
資本勢力
扼殺
　　你痕跡

內外結盟
清除
　　你歷史
還藏遇難前
意氣風發

智利之春

背負36小時
抵達聖地牙哥
朗讀彼此
朗讀情詩
朗讀春天
朗讀愛

初春花朵綻放
自台灣陽光
在濕地
在港灣
在礫岩
在駱馬城

高唱越洋旋律
從7度到29度
擁抱
日夜山海

熱情與冷酷

智利之春

正秘密戀愛

戀愛巴士

往北
越過乾旱
留宿洛斯維洛斯
巴士載往戀愛之心
探索未境
海風吹起海鷗的愛意
迎接
詩人來訪

往北
越過山林
轉往駱馬城
巴士載往戀愛之心
尋找驚豔
日光滋養葡萄樹的果實
迎接
情人來訪

如何，訴說……
——聶魯達故居觀後

如何，訴說……
曾經
記憶詩篇
封鎖在酒瓶的
祕密小船

如何，訴說……
情愛
意外眼神
飄盪在屋舍的
各處角落

攜帶二十首情詩
打開你童年
驚喜，從回憶錄
散落
多封情書

攜帶一首絕望
探勘女頭像
憂鬱，容顏來自
航海
多盞明燈

貓遇見春天

米斯特拉爾曾遺留記憶

的小學校

驚奇

遇見貓

掃向我黑髮

用貓語提出抗議

擾聲不斷

一驚呼

春天貪睡進米斯特拉爾的臥房

你跳進圍欄

趕走

不速之客

鈔票

數數
手中一疊智利比索
一千、二千、五千、一萬
印滿智利記憶
抽出米斯特拉爾圖像
交付詩意的金額

再數數
手中一疊新台幣
一千、二千、五千、一萬
卻掉出孫中山
收起台灣歷史
回憶印滿總統肖像

瓦爾帕萊索（Valparaiso）山城

沿瓦爾帕萊索山城

尋訪歷史味覺

倚靠海洋深藍淺綠

眺望港灣故事遺跡

鼎沸人聲

山坡之上

山坡之下

侍者端出一道道鮮魚料理

智利風食材

安慰曾逃離西班牙內戰難民

那一年，我們上岸時

撫平曾驚恐智利內戰人民

那一年，我們淪陷時

也撫慰曾經歷

恐怖時代台灣詩人

那一年，許多無故失蹤者

我們歷歷在目

附錄一——英譯詩選

王清祿　譯／彭鏡禧　校譯、修改

Proofread and corrected by Ching-Hsi Perng

Translated by WANG Ching-Lu (revised)

< w410218@gmail.com >

謝詞

感謝我的老師台大教授彭鏡禧校稿、修改、以及對本詩的翻譯指導。

Acknowledgements

I would like to thank my teacher Perng Ching-Hsi 彭鏡禧, Professor Emeritus of National Taiwan University and Visiting Professor of Cross-Cultural Studies at Fu Jen Catholic University, for his proofreading, correction, and expert advice.

寫給貝多芬的月光

燒印玫瑰圖騰的骨瓷杯

倒影了幽暗藍調的月

星子撒在伯爵茶裏，緩慢溶解

暗黑茶水攪動著無限迴旋

但你，不曾為啜飲的主人移動一些目光

瓷杯卻比你的彈奏吸引

〈月光〉，無心氾濫情感的結果

因為你與眾多人相戀，遺忘該給主人之女一曲

這首輕靠鋼琴上的奏鳴

剛好能塘塞你的愛

久年後，瓷杯仍有你的吻痕

人臆測你深愛主人之女，而你與她的午茶秘會

竟意外變成口耳相傳的情書

我獨飲慢板月光，迷失在深邃的玫瑰月影

To Beethoven's "Moonlight"

The Earl Grey tea in the bone-china cup, emblazoned

With a rose totem, inverts the image of the dim, blue moon.

Stars are sprinkling in the dark tea,

Slowly dissolving and stirring up infinite whirl.

But you have never move your glance at your master's sipping;

The bone-china cup is more attractive than the way you play
  the piano.

"Moonlight," the spontaneous overflow of emotions.

In love with many, you forgot to present the master's daughter

A melody. The sonata tapping on the piano

Fittingly serves as a statement of your love.

Years later, a kiss mark remains on the cup.

Speculation has it that you're in deep love with your master's
  daughter

And your secret afternoon-tea meeting with her unexpectedly

Morphed into a love letter, spreading by word of mouth.

I drank alone the lento moonlight,

Lost in the rosy lunar shadow.

馬鈴薯燉肉

電視播放309的反核遊行
削皮後的馬鈴薯，被切成丁狀
待著悶煮熟軟
集會凝聚了眾人之心，延續到深夜
熱油快炒洋蔥、紅蘿蔔，肉塊對砧板訴說
下鍋前的別離囈語
心理、身體，人人貼了反核宣傳單
一罐雞高湯雜混鰹魚醬油和味醂
再倒進馬鈴薯，燉入香料
結束後，政府說了什麼？
放心，馬鈴薯燉肉怎麼煮都不會失敗

Stewed Potato and Meat

The 309 Anti-Nuke march was being televised.

The potato was peeled and then diced,

Waiting to be stewed soft.

The rally concerted all the protestors' hearts--far into the
night.

Onion and carrot being fried with hot oil, the cutlets of meat

Mumble words of farewell before being dropped into the
pan.

Mind and body, everyone wears a No-Nuke sticker.

A can of chicken soup, mixed with bonito soy source,

Into it was poured potato to be stewed with spices.

What did the government say when the march ended?

Don't worry; stewed potato and meat can never fail.

鳳梨酥

嚥下島形鳳梨酥
包裹商家　食品保證
富含關廟土鳳梨
酸與甜
遺忘古早冬瓜餡

幾十年前，鄉村
盛產大冬瓜　喜愛
分享一塊塊
堆砌鄰居間溫情
無法食完的剩餘
糕餅師　善用
煮熟加翻炒
保存珍惜之傳統

無味冬瓜餡
考驗師傅的靈機
混入各種香氣

鳳梨，意外迎合
渴望甜點心
捏成一塊塊
飄散鄉情鳳梨酥

現今島形鳳梨酥
改用土鳳梨
盒裝島國的華麗
融合熱帶　酸與甜
散佈在商場：正宗的關廟
觀光客
只懂　嘴裏的台灣

Pineapple Cake

As the Taiwan-island-shaped pineapple cake is savored,

Packaged with food quality assurance,

Stuffed with Guanmiao's local pineapple,

Sour 'n sweet,

That old-time wax-gourd filling has been forgotten.

Decades ago in the countryside

Teeming with big wax gourds,

Neighbors shared pineapple cake,

Piling up kindness piece by piece,

And the leftover cake went to

The pastry chef, to be

Fully cooked and fried--

A tradition of cherishing food.

The insipid wax-gourd filling--

A test of the chef's ingenuity--

Blended with various aromas,

Surprisingly played up to
The yearning of sweet desert.
Kneaded into dough in pieces, the pineapple cake
Wafted a hometown sentiment through the air.

Today the island-shaped pineapple cake
Goes for local pineapple filling instead,
Cased with the island's splendors,
Along with a tropical flavor, sour 'n sweet,
Spreading across shopping malls:
The genuine Guanmiao pineapple cake
Tourists
Know nothing but *Taiwan* in their mouths.

雨

驟雨
連接台北與洛城
連接情人的思念
隔著話筒，聽
玻璃外
滴…滴…答…答…

Rain

A shower of rain

Connects Taipei to Los Angeles and

Bind the yearnings of lovers

On the receivers far apart, listen,

Outside the glass

DIP···DIP···TAP···TAP···

一公升的眼淚

我逐漸長大
有了手 有了腳
突然聽見聲音
咚咚咚
嗅到害怕
腳蹬　躲進羊水深處

我開始思考
手抓腳指動
習慣四面八方
隆隆隆
待在溫床
哼歌　撥動羊水入睡

我感受樂音
遙遙傳來
聽說是鋼琴夜曲
噔噔噔

合著不全
音符　夢中搖指揮棒

有聲音說故事
夜夜述說眼淚之愛
還學不會哭
羊水隨時充當我的淚
等到蓄滿一公升
離開溫床
才懂　什麼是愛

One Liter of Tears

I'm growing up to

Have feet and hands.

Suddenly I hear the sounds--

TONG, TONG, TONG--

Smelling of fear,

Stamp, and hide deep in amniotic fluid.

I begin thinking,

Fingers grasping and toes paddling

Habitually in all directions--

RONG, RONG, RONG--

Staying in the warm bed

Humming—fiddling with the fluid to sleep.

I feel music

Wafting from far away.

A nocturne, it's said.

DENG, DENG, DENG--

Fragmented

Notes—I'm waving a baton in dream.

A voice's telling a tale about

Love of tears night after night.

I've not learned to cry yet,

Amniotic fluid readily serving as my tears.

Not till one liter of tears are filled up,

Not till I leave the warm bed,

Do I realize--what love is.

附錄二──西譯詩選

蘇逸婷　譯校

雨

驟雨
連接台北與洛城
連接情人的思念
隔著話筒，聽
玻璃外
滴⋯滴⋯答⋯答⋯

La Lluvia

Los aguaceros
conectan a Taipéi y Los Ángeles;
conectan los recuerdos de los amantes,
separado del auricular, escuchad:
fuera de la ventana
las gotas de lluvia......

隨著雨聲吟唱……

落花，喧嘩一片
驟雨後的晌午
悶熱憶起燥熱暑氣
去年
我在閱讀
古老的，羅馬氣味
奴役苦重訴說
「主人」一個名詞
服從，服從

陣雨，急促落下
無制式的簽約
年輕人為晚餐汲汲
奔波
滴進心急的勞作
嘩啦地大聲陳述
「老闆」一個名詞
休假，休假
Ita vero, domine！（是的，主人）
隨著雨聲吟唱……

Cantanjunto con el sonido de la lluvia

Los pétalos de lasflorescaídos, emiten un ruido.
La tarde después del aguacero
el bochorno recuerda el calor sofocante del verano.
El año pasado
estaba leyendo
el sabor de la antigua Roma.
Los esclavos decían amargamente
el sustantivo de "amo".
Obediencia, obediencia......

Cae la lluvia repentina rápidamente.
Un contrato sin estándar.
Los jóvenes por sus cenas
están luchando.
Trabajan con impaciencia
y piden a gritos
el sustantivo de "patrón".
Vacaciones, vacaciones.
Ita vero, domine !（¡Por supuesto, amo!）
Y cantan junto con el sonido de la lluvia.

咖啡樹

為我種下的那株
咖啡樹終於
果實轉紅
歷經三個過冬時節樹花乘載
越洋的祝福綻放，緊接凋謝
短暫美麗時刻
恍若你我相聚留不住
卻帶來從掌心開出的咖啡豆

綠，原是種子的顏色
等待落入土壤再繁殖新樹
愛情
跟著移栽的樹苗種下
我年年祈禱開花終於
果實轉紅

為我種下的那株
咖啡樹果實

纍纍地垂掛

紅，訴說著情人秘語

曬乾後，幾經烘培

準備你回來的第一杯

卡布奇諾

Árbol de café

Aquel árbol de café
que me sembraste, por fin
sus frutos se han vuelto rojos.
Tres inviernos después, figuran los cambios en las flores
bendiciones en el extranjeroflorecen, y se marchitan
rápidamente;
el breve momento tan precioso
no podíamos abrazarlos como quedabamos antes
mientras que traíamos una semilla de café que sale de la
    palma de la mano

El verde, es el color original de la semilla
a la espera de entrar a la tierra, y reproducir un árbol nuevo
El amor
sigue a las plántulas que se siembran
cada año rezo que florezcan, y por fin
sus frutos se han vuelto rojos.
Aquel árbol de café

que me sembraste, los frutos
cuelgan numerosamente.
El rojo, dice los secretos de los amantes
luego de secarse y llevado al tostado
espero su regreso para el primer vaso de
Capuchino.

寫給貝多芬的月光

燒印玫瑰圖騰的骨瓷杯
倒影了幽暗藍調的月
星子撒在伯爵茶裏，緩慢溶解
暗黑茶水攪動著無限迴旋
但你，不曾為啜飲的主人移動一些目光
瓷杯卻比你的彈奏吸引
〈月光〉，無心氾濫情感的結果
因為你與眾多人相戀，遺忘該給主人之女一曲
這首輕靠鋼琴上的奏鳴
剛好能塘塞你的愛
久年後，瓷杯仍有你的吻痕
人臆測你深愛主人之女，而你與她的午茶秘會
竟意外變成口耳相傳的情書
我獨飲慢板月光，迷失在深邃的玫瑰月影

Una carta de la luz de luna para Beethoven

La taza de la porcelana de hueso con una imagen de rosa
refleja la luna en los oscurosazules.
Las estrellas se esparcen en el té Earl Grey, y se diluyen lentamente,
el té negro se revuelve en su círculo infinito.
Aunque tú, no has movido un poco la vista por el anfitrión que bebe,
lataza de porcelanaesatraído más de tu toque melodioso.
"Luz de Luna", el resultado inesperado de la emoción proliferada.
Olvidaste darle una canción a la chica del anfitrión,
porque te enamorabas con muchas mujeres.
Esta sonata se inclinafinamente al piano,
acaba de llenartuamor.
Muchos años después, la marca de tu beso todavía está en la taza de
　　porcelana.
La gente duda que ames profundamente a la chica,
mientras tanto el encuentro secreto a la hora de té entre tú y ella
se había convertido repentinamente en una carta de amor que
　　comenzó a pasar de boca en boca.
Tomo solo adagio sostenuto de la Luz de Luna,
me pierdo en la profunda sombra de la luna como una rosa.

島形鳳梨酥

嚥下島形鳳梨酥
包裹商家食品保證
富含關廟土鳳梨
酸與甜
遺忘古早冬瓜餡

幾十年前，鄉村
盛產大冬瓜喜愛
分享一塊塊
堆砌鄰居間溫情

無法食完的剩餘
糕餅師善用
煮熟加翻炒
保存珍惜之傳統

無味冬瓜餡
考驗師傅的靈機

混入各種香氣

鳳梨，意外迎合

渴望甜點心

捏成一塊塊

飄散鄉情鳳梨酥

現今島形鳳梨酥

改用土鳳梨

盒裝島國的華麗

融合熱帶酸與甜

散佈在商場：正宗的酥餅

觀光客

只懂嘴裏的台灣

Pasteles de piña en forma de isla

Disfrutan el pastel de piña en forma de isla
en que gozan de la garantía de la calidad
contenido en piña taiwanesa
con sabor ácido pero dulce.
Se han olvidan el relleno preparado tradicionalmente con la
calabaza china.

Desde hace décadas, en las zonas rurales
las calabazas chinas abundaban, con mucho placer, los pueblos
se compartían los pasteles de piña pedazo en pedazo
para cultivar la armonía en medio de los vecinos.

Los sobrantes que no fueron terminados
los pasteleros usaban muy bien,
no solo los cocinaban y salteaban,
sino también los conservaban por nuestra tradición tan
preciosa.
Relleno de calabaza china sin saborizante

pone a prueba la destreza de los pasteleros

mediante la mezcla de varios sabores.

Las piñas, que atenden

los deseos del postre, los corazones

están hechas en pieza por pieza

las pasteles de piña que dispersan la nostalgia.

Ahora los pasteles de piña

que se han cambiado por la piña taiwanesa,

se empacan en caja illustrada de hermosísima Formosa

mezclando el trópico con acidez y dulzura

dispersando en los comercios: galletas crujientes originales.

A los turistas,

solo les gustaTaiwán en sus bocas.

含笑詩叢2　PG1449

 生命佇留的，城與城
——楊淇竹詩集

作　　　者	楊淇竹
責任編輯	林千惠
圖文排版	賴英珍
封面設計	王嵩賀

出版策劃	釀出版
製作發行	秀威資訊科技股份有限公司
	114 台北市內湖區瑞光路76巷65號1樓
	電話：+886-2-2796-3638　傳真：+886-2-2796-1377
	服務信箱：service@showwe.com.tw
	http://www.showwe.com.tw
郵政劃撥	19563868　戶名：秀威資訊科技股份有限公司
展售門市	國家書店【松江門市】
	104 台北市中山區松江路209號1樓
	電話：+886-2-2518-0207　傳真：+886-2-2518-0778
網路訂購	秀威網路書店：http://www.bodbooks.com.tw
	國家網路書店：http://www.govbooks.com.tw
法律顧問	毛國樑　律師
總 經 銷	聯合發行股份有限公司
	231新北市新店區寶橋路235巷6弄6號4F
	電話：+886-2-2917-8022　傳真：+886-2-2915-6275

出版日期	2016年1月　BOD一版
定　　價	200元

國家圖書館出版品預行編目

生命佇留的,城與城：楊淇竹詩集 / 楊淇竹著. --
一版. -- 臺北市：釀出版, 2016.01
　　面；　公分
　BOD版
　ISBN 978-986-445-074-9(平裝)

851.486　　　　　　　　　　104024949

讀 者 回 函 卡

感謝您購買本書,為提升服務品質,請填妥以下資料,將讀者回函卡直接寄
回或傳真本公司,收到您的寶貴意見後,我們會收藏記錄及檢討,謝謝!
如您需要了解本公司最新出版書目、購書優惠或企劃活動,歡迎您上網查詢
或下載相關資料:http:// www.showwe.com.tw

您購買的書名:＿＿＿＿＿＿＿＿＿＿＿＿＿＿＿＿＿＿＿＿＿＿＿＿

出生日期:＿＿＿＿＿年＿＿＿＿＿月＿＿＿＿＿日

學歷:□高中 (含) 以下　　□大專　　□研究所 (含) 以上

職業:□製造業　□金融業　□資訊業　□軍警　□傳播業　□自由業
　　　□服務業　□公務員　□教職　　□學生　□家管　　□其它＿＿＿

購書地點:□網路書店　□實體書店　□書展　□郵購　□贈閱　□其他

您從何得知本書的消息?

　□網路書店　□實體書店　□網路搜尋　□電子報　□書訊　□雜誌

　□傳播媒體　□親友推薦　□網站推薦　□部落格　□其他＿＿＿＿＿

您對本書的評價:(請填代號　1.非常滿意　2.滿意　3.尚可　4.再改進)

　封面設計＿＿　版面編排＿＿　內容＿＿　文／譯筆＿＿　價格＿＿

讀完書後您覺得:

　□很有收穫　□有收穫　□收穫不多　□沒收穫

對我們的建議:＿＿＿＿＿＿＿＿＿＿＿＿＿＿＿＿＿＿＿＿＿＿＿

＿＿＿＿＿＿＿＿＿＿＿＿＿＿＿＿＿＿＿＿＿＿＿＿＿＿＿＿＿＿

＿＿＿＿＿＿＿＿＿＿＿＿＿＿＿＿＿＿＿＿＿＿＿＿＿＿＿＿＿＿

＿＿＿＿＿＿＿＿＿＿＿＿＿＿＿＿＿＿＿＿＿＿＿＿＿＿＿＿＿＿

11466

台北市內湖區瑞光路 76 巷 65 號 1 樓

秀威資訊科技股份有限公司　　　收

BOD 數位出版事業部

....

（請沿線對折寄回，謝謝！）

姓　　名：＿＿＿＿＿＿＿＿＿　年齡：＿＿＿＿　性別：□女　□男

郵遞區號：□□□□□

地　　址：＿＿＿＿＿＿＿＿＿＿＿＿＿＿＿＿＿＿＿＿＿

聯絡電話：(日) ＿＿＿＿＿＿＿＿＿　(夜) ＿＿＿＿＿＿＿＿＿

E-mail：＿＿＿＿＿＿＿＿＿＿＿＿＿＿＿＿＿＿＿＿＿